Emily Gravett

El oso y la liebre

¡De pesca!

Picarona

El oso y la liebre van a pescar.

¡Al oso LE ENCANTA pescar!

El oso ha pescado. Ha pescado…

...el sombrero de la liebre.

Ha pescado...

...¡una rana!

Ha pescado…

...un patín de ruedas.

El oso ha pescado.

Ha pescado…

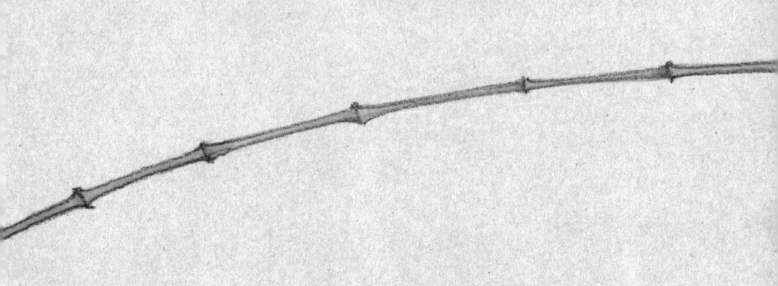

...y también...

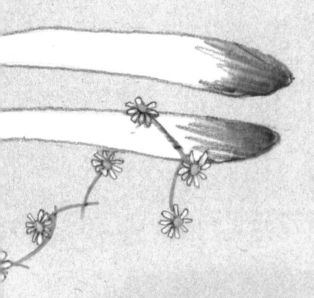

... y...

¡ha pescado!

Puede consultar nuestro catálogo en
www.edicionesobelisco.com / www.picarona.net

EL OSO Y LA LIEBRE - ¡DE PESCA!
Texto e ilustraciones de *Emily Gravett*

1.ª edición: marzo de 2016

Título original: *Bear and Hare - Go Fishing!*

Traducción: *Joana Delgado*
Maquetación: *Montse Martín*
Corrección: *M.ª Ángeles Olivera*

© 2014, Emily Gravett
(Reservados todos los derechos)
Primera edición en 2014 por MacMillan Children's Books, sello editorial de Pan MacMillan,
una división de MacMillan Publishers Int. Ltd.
© 2016, Ediciones Obelisco, S. L.
(Reservados los derechos para la lengua española)

Edita: Picarona, sello infantil de Ediciones Obelisco, S. L.
Pere IV, 78 (Edif. Pedro IV) 3.ª planta 5.ª puerta
08005 Barcelona - España
Tel. 93 309 85 25 - Fax 93 309 85 23
E-mail: picarona@picarona.net

ISBN: 978-84-16117-83-3
Depósito Legal: B-24.027-2015

Printed in China

Para Cecily y Laily